序句

スマッシュに文月の鷹を見し思ひ　郷子

スマッシュ＊目次

亀井千代志句集

スマッシュ

I

粥柱

追羽子のスマッシュそれを返しけり

褒め合ひて新年会の帽子かな

初夢を語る障りのなきやうに

誘はれて引く大吉の初御籤

生来のさびしがりやの粥柱

繭玉とくすみきつたる大達磨

早梅や硝子戸の奥顔見えて
はばたけるもののかたちに氷かな

旅人の浅き眠りや寒昴

臘梅やひとり身といふ便りきて

全巻のそろはぬ漫画春隣

Ⅱ 野掛

赤き実を赤くし春の雪消ゆる

金縷梅や水路に水の戻りきて

叱られぬやうに覗きてクロッカス

鶏鳴のひとつに梅の開きけり

白ががやや多きとおもふ梅林

梅五分か七分か水の流れゆく

白梅紅梅丸椅子を寄せ合ひて
かたかごの花や踏み分け道尽きて

くつさめに羊応ふる日永かな

あたたかく月の暦をめくりけり

父、介護付有料老人ホーム入所　二句

春日よく入りけふより父の部屋

窓の辺に母の遺影やうららけし

春水に攩網を浸して昼餉かな

瓦葺く人や春日に打たれたる

石なのか亀なのかいま鳴きたるは

葺替の終りし門を鎖しけり

柏芽吹きて偉丈夫の立つてゐる

耕しの男ふり返りもせずに

くつさめのひとつ春めく国分寺

亀鳴くや喫茶店主のいそがしく

門柱の上にカポタスト春の雨

はこべらの咲きをり君のふくらはぎ

しやぼん玉とばそ飯能ぎんざから
春めきて天麩羅をいま揚げてます

見晴しのよくて畑打するらしく

交響曲何番だつけ椿咲く

十六人揃ふ地獄の釜の蓋

まだ人に心許さぬ椿かな

転んでは泣く子桜の芽の固く

ぺんぺん草よしなしごとを電話にて

ていねいに指を洗ひて遠蛙

麗かにギターケースの置かれあり

みな傘をもつてきしとふ彼岸かな

ふらここにボーイソプラノ集まりぬ

春の山砦のごとく幟立て

くちびるに春の焦げたる匂ひかな

満天星の花の主が出てきさう

遠富士の霞みて四人家族かな

辛夷咲く門ややヤクルト研究所

コンクリート打ちっぱなしの花の雨

七人の少年野球初ざくら

新しき駅新しき桜かな

デザートを待ちつつ花の宿ならむ

助つ人のきたる花見の支度かな

専攻は土木と聞きし花の下

梨咲いて玄関からのひと歩き

中指のすらりと新入学生

新しき雑誌の届く百千鳥

枳殻の花を掌より零す
朝寝することも二人となりにけり

溝満たすほどの水なく花楓

春祭祢宜は着替へをしてをられ

烏野豌豆思はず風に蹌踉めいて

自転車のがらりがらりと野掛かな

窓あけて通る車や松の花

おすすめを買ひて八十八夜かな

木瓜の花ふふみて窓の内昏き

草餅の数だけ人の集まりぬ

桃の花衿を直してくるる人

メーデーの夕べ約束ありにけり

行く春の叩けば鐘のやうな音

Ⅲ　青梅雨

出会ふとは柏青葉のもとにかな

鉄瓶に卯月の水を満たしけり

枝先を折りたる音や夏はじめ

この夏のをはるまでこのボールペン

五月の花見たくて横木くぐりゆく
胸元のまぶしき人の五月かな

玄関に薪積んである夏料理

酸漿草やぼんやりとした空が好き

車座になりて五月のにぎりめし

麦秋や犬ころころとまりにける

雛罌粟にわれのむつつりしてゐたる
森に入るならば五月の声を聞け

石塀の濡れてをりたる青芭蕉

新しき離れ芭蕉の玉解いて

ひやとする櫟若葉にふれもして
みんな手をふつてくれたる梅若葉

風さつと来て葉桜のもとにをり

寝坊してきて車前草の花踏みぬ

大玉の四葩の間が登り口

竹皮を脱ぐお手伝ひしませうか

いと細き音に雀の鉄砲吹く

この花はきつとバラ科ね夏の色

野に座してもの書くをとこ青嵐

木曽節の正調といふ涼しさよ

ひと雨に神輿の紐の締まりけり

門前の散髪店や夏燕

夏あざみ遥か北前船航路

落とし物しさうな夏の荒磯かな

父に買ふ水羊羹の詰め合せ
羅のひとの隣に上野まで

大いなる影のなかなる水遊び

川ならぬところの水に青蛙

芹の花をとこは風を嬉しがり
滝の細さよむらさきの花零れ

薪割の斧の一気に梅雨に入る

アルバムに写真戻しぬ梅雨の入

青桐にひらく壁紙見本帖

簞笥にて塞がれし窓額の花

青梅雨のラヂオは君といつまでも

柏葉を打ちはじめたる五月雨

勝手口にサンダル二足梅雨寒し

梅雨冷のいよいよ猛き蔓のもの

梅雨冷の外より鍵を開くる音

ひたひたと土管に音や田植どき

袋よりニッキの飴やながし吹く

縁側に梅雨の明くるといふ報せ

棒切れにからりと掛けて蛇の衣

この人でよかつたのかも枇杷を剥く

つきてきて蟻の行方を見失ふ

自転車をとめてここから青岬

Ⅳ

麦藁帽

パセリよけたれば深海魚のフライ

白シャツの腕や打ち身の一つあり

ぎりぎりに車の通るえごの花
あふられてゐるとりどりの日傘かな

滝の上に炊ぐ煙の立ちてをり

ひとり買へばみな買ひにゆく氷菓

七月の鷹ありて我に見えずとも

茴香の花にこれほど集ふとは

角瓶と炭酸水と海の日と

はらからの声する螢袋かな

甘口のカレーが好きでハンモック
サイダーを干して気ままな男かな

学園の白壁もまた灼くるなり

夏草に後ずさりしてしまひけり

理由なき反抗映画会涼し

ナイターのはじまるまでを仕事かな

一塁側内野B席南風

白川郷　六句

階の急なこと繭白きこと

茅葺きの崩れはじめの茂りかな

民宿の上向けてある扇風機

短夜の風呂桶のよく香りたる

絵馬に書く架空の地名百合の花

どぶろくを幾度も注いでくれしかな

子規庵の蚊遣短く焚かれをり

おそろしき隣の人の日焼けかな

歯を見せて笑ふ人なり夏の露

水疾きところに三稜草立ち上がる
遠山のごとくけぶれる青みどろ

恰好よく脱ぎ捨てにけり夏帽子

夏の日に褪せて学校かはら版

胡麻の花雨は隈なく音たてて

百日紅怒りの色かとも思ふ

田草取る人のすらりと立ち上がる

店番のひとりをりたる蚊遣香

麦藁帽すこし猫背でありにけり

警官のちらと見てゆく水遊び

水遊びしたりカレーを食べてたり

蜂の巣のころがつてゐる草いきれ

清流にシャベルを洗ふ晩夏かな

看板に塩の一文字片かげり

この先は書けぬ机上に赤き蟻

丁度よく遅れて着きてかき氷

じりじりと帽子の鍔の灼くる音

バンダナを晩夏の水に浸しけり

落としたるものを涼しく手渡され

炎帝の化けたる柳かとおもふ

夏休み最後の日なり炉の煙

V 里祭

草影のふいにはねたる秋はじめ

滝の上の観音様や秋はじめ

新涼のまなざしに胸鳴りにけり

玫瑰の実に鍔広の帽子かな

苦瓜のよく生る窓でありにけり

坂登りゆく蜩を聞きにゆく

朝顔や週に一度は人の来て

大いなる切株八月の家族

秋めくや雨を厭ひてゐることも

秋風にぺたんと猫の痩せてをり

酒買ひて帰るところや赤のまま

用水のあふるるばかり螢草

幼子を抱き寄せ秋のサングラス

流星や君の湯上り待つてゐる

物干竿拭いてつくつく法師かな

たうたうと水は南へ終戦忌

魂棚にひとつ大きな紙の箱

店先に店を出しをり盆踊

踊櫓組むおのおのの首タオル

鬱蒼とせるそのなかの花常山木

蜩に並べ売るもの藍染屋
おしろいの咲きて書店の消えし街

飛び石のときどき四角秋の風

防災の日なり出掛けの忙しくて

ジーンズにパンプス九月はじまりぬ

芋の葉を揺らし御無沙汰してゐます

厚物を高く咲かせて自動ドア

陶芸教室さはやかに薪割つて

麻紐を結ひて支度や里祭

頬杖をついて面売る里祭

チャック・ベリー流して諸を選りてをる

鵙啼いてをりぬそれでも負けは負け

お先にと声かけられて竹の春

水はわが手を引き寄する稲の秋

よく人に似せて案山子の背中かな

欠席の報をききたる昼の虫

へうたんを見て思ひ出す人のあり

秋霖のラグビー場へどつと人

冷まじく鳥啼く下を通りけり

鰡飛んで海ありありと見えてきし

秋のビール冷やして夜を待ちにけり

薄紅葉観音堂に膝休め

母のため彫りし仏やちちろ虫

爽籟に大き手のひら阿形像

芋虫に眠たき色のありにけり

軒下に鬼の子のゐる昼餉かな

横顔のすつきりとして渡り鳥

椨の実の青きを投げてゆきしかな

蟋蟀のこゑどこまでもついて来し

校正紙読みをり小鳥来りけり

ちひさき田なればちひさき稲架を組み
ほの暗きところ瓢の干されある

夕霧の椎も小楢も冷えまさり

黍嵐ここも蕉翁ゆかりの地

秋草のばうばう鳥居のみ真っ赤

裏木戸のよく磨かれて竹の春

お互ひに秘め事ひとつ鳥渡る

鬱々と獣の眠り唐辛子

郁子の実のふたつ鉛筆走らせて

みな違ふ飲み物秋のテーブルに

菊月の紅茶は二分待ちて飲む
そのままに熟れてゆくしかなき石榴

かつと割れたる有終の石榴かな

秋深みゆく駅前のジャズバンド

まじまじと秋の足裏を見てをりぬ

船来の帽子の見ゆる稲架日和

四十階ここにも秋灯のありぬ

靴底のぺたぺた鳴つて芋の秋

くわりんの実短き橋を渡りけり

糠雨に傘をさしては秋惜しむ

栗の毬これほどまでに積み置かれ

窓三つ開け放ちたる柿の色

腕組みは恥づかしさゆゑ葦の花

ラ・フランス明るき窓へ傾ぎをり

穴惑ひ財布は重くなるばかり

Ⅵ
蜜柑

馬小屋のかたりことりと神無月

声かけてもらふうれしさ花八手

学園に門扉なかりし冬紅葉

靴下の裏まつくろや七五三

柊の花を曲がつて来いといふ

存分に火を入れてをり焼薯屋

富士も見え大山も見え霜覆

北風が攫ふ穂架の名残かな

帰り花病の兆しかと思ふ

青木の実キツトダレカヲシアハセニ

初霜の足跡に足置いてみる

その服を憶えてゐるよ冬林檎

石蕗の花手に校正の赤インク

木の棘に刺されて冬のぬくきかな

身ほとりを舞ふ胡蝶とも落葉とも

研修室に暖房の音ペンの音

寒き眼をディスプレイより上げにけり

鋤立てて冬のぬくきを言ひにけり

物置の戸を締めてゆく冬の人

枇杷咲いてゐるよ電動車椅子

マスクとりたれば武蔵野匂ひたる

一礼しダウンコートの胸開く

山寺の雪吊余念なかりけり

水甕に柄杓二本や冬籠

草枯れて水道管の立つてをり

国道に出て鼻先の蜜柑かな

冬晴の自転車に道譲りたる

葱の束抱へ玄関で失礼

ギャチェンジして極月を走りゆく

冬耕人立てるトラックの荷台

炭ころがしながら山の風のこと
切干しを均せる笊の大振りに

居酒屋の帰りにもらふ蜜柑かな

水捌けの悪さを言ひて悴める

短日の汁粉の膳を返しけり

味噌汁のじんじんと鳴る冬至かな

座してすぐ葛湯の湯気をもらひけり

辻つじの灯されてをり年の暮

裏の戸を開けて煤掃く神楽殿

鮟鱇を吊す商店街行事

年上の人より餅を搗きはじむ
いつせいの笑ひに餅の搗き上がる

餅搗の果てて台車の上に臼

贋物をつかまされさう年の果

ぽんと打つかしは手年の名残かな

この年の暮れゆくマニキュアの小瓶

大年の開いてくらき掌

あとがき

本書は、椋俳句会に入会した平成十八年から、平成三十一年（令和元年）までの、十四年間の句から、二九一句を収載したものです。改めて眺めてみると、夏の句が多く、自分でも不思議に思います。吟行や旅行など、出かけることが多かったせいもありますが、夏は私の好きな季節ですので、自然とこうなったのかもしれません。

収載句の多くは、国立市の矢川緑地、谷保・城山公園、そして飯能市の名栗を吟行し、句会で切磋琢磨して成ったものです。繰り返し同じ場に立つことによって、季節の移り変わりとそれに伴う小さな変化や人の営みを感じとることができるのは、何よりも幸せなことです。また、句友による忌憚のない合評が糧となって、この句集に結実しています。

本句集をまとめるにあたりまして、選とご指導、そして身に余る序句を賜りました椋俳句会代表・石田郷子先生に、心より御礼申し上げます。また、私の本づくりへの思いに耳を傾けてくださり、形にしていただいたふらんす堂の方々に、感謝申し上げます。そして、最後までお読みくださったみなさま、ありがとうございました。みなさまとこのひとときを共有できましたことを、うれしく思います。

令和四年六月吉日

亀井千代志

著者略歴

亀井千代志（かめい・ちよし）

昭和38年生まれ。
平成18年、椋俳句会入会。
平成30年、第9回椋年間賞受賞。
俳人協会会員。

note　https://note.com/rc575
e-mail　chiyosmash@ymail.ne.jp

句集　スマッシュ　すまっしゅ　椋叢書33

二〇二二年八月五日　初版発行

著　者――亀井千代志

発行人――山岡喜美子

発行所――ふらんす堂

〒182-0002 東京都調布市仙川町一―一五―三八―二F

電　話――〇三（三三二六）九〇六一　FAX〇三（三三二六）六九一九

ホームページ http://furansudo.com/　E-mail info@furansudo.com

振　替――〇〇一七〇―一―一八四一七三

装　幀――和　兎

印刷所――日本ハイコム株式会社

製本所――日本ハイコム株式会社

定　価――本体二四〇〇円＋税

ISBN978-4-7814-1485-0 C0092 ¥2400E